Gröls Verlage

„BÜCHER SIND WIE FALLSCHIRME. SIE NÜTZEN UNS NICHTS, WENN WIR SIE NICHT ÖFFNEN."

Gröls Verlag

Redaktionelle Hinweise und Impressum

Das vorliegende Werk wurde zugunsten der Authentizität sehr zurückhaltend bearbeitet. So wurden etwa ursprüngliche Rechtschreibfehler *nicht* systematisch behoben, denn kleine Unvollkommenheiten machen das Buch – wie im Übrigen den Menschen – erst authentisch. Mitunter wurden jedoch zum Beispiel Absätze behutsam neu getrennt, um den Lesefluss zu erleichtern.

Um die Texte zu rekonstruieren, werden antiquarische Bücher von Lesegeräten gescannt und dann durch eine Software lesbar gemacht. Der so entstandene Text wird von Menschen gegengelesen und korrigiert – hierbei treten auch Fehler auf. Wenn Sie ebenfalls antiquarische Texte einreichen möchten, finden Sie weitere Informationen auf www.groels.de

Viel Freude bei der Lektüre wünscht Ihnen das Team des Gröls-Verlags.

Adressen
Verleger: Sophia Gröls, Im Borngrund 26, 61440 Oberursel
Externer Dienstleister für Distribution & Herstellung: BoD, In de Tarpen 42, 22848 Norderstedt

Unsere „Edition | Kleine Klassiker“ versammelt über hundert unbestrittene Klassiker der Weltliteratur in einem ästhetisch anspruchsvollen und handlichen Format.

Die Gröls-Klassiker-Editionen gehören heute mit ungefähr tausend Werken zu den größten Sammlungen klassischer Literatur im deutschen Sprachraum. Wir kultivieren und kuratieren damit einen der wertvollsten Bereiche der abendländischen Kultur. Kleine Auswahl:

Francis Bacon • Neues Organon • **Balzac** • Glanz und Elend der Kurtisanen • **Joachim H. Campe** • Robinson der Jüngere • **Dante Alighieri** • Die Göttliche Komödie • **Daniel Defoe** • Robinson Crusoe • **Charles Dickens** • Oliver Twist • **Denis Diderot** • Jacques der Fatalist • **Fjodor Dostojewski** • Schuld und Sühne • **Arthur Conan Doyle** • Der Hund von Baskerville • **Elisabeth von Österreich** • Das Poetische Tagebuch • **Friedrich Engels** • Die Lage der arbeitenden Klasse • **Ludwig Feuerbach** • Das Wesen des Christentums • **Fitzgerald** • Zärtlich ist die Nacht • **Flaubert** • Madame Bovary • **Theodor Fontane** • Effi Briest • **Robert Musil** • Über die Dummheit • **Edgar Wallace** • Der Frosch mit der Maske • **Jakob Wassermann** • Der Fall Maurizius • **Oscar Wilde** • Das Bildnis des Dorian Grey •

Mark Twain • Huckleberry Finns Abenteuer und Fahrten • **Anton Tschechow** • Die Möwe • **Ludwig Tieck** • Der gestiefelte Kater • **Feuerbach** • Das Wesen des Christentums • **Fitzgerald** • Zärtlich ist die Nacht • **Flaubert** • Madame Bovary • **Theodor Fontane** • Effi Briest • **Robert Musil** • Über die Dummheit • **Edgar Wallace** • Der Frosch mit der Maske • **Jakob Wassermann** • Der Fall Maurizius • **Oscar Wilde** • Das Bildnis des Dorian Grey • **Mark Twain** • Huckleberry Finns Abenteuer und Fahrten • **Anton Tschechow** • Die Möwe • **Ludwig Tieck** • Der gestiefelte Kater • **Jonathan Swift** • Gullivers Reisen • **Robert Louis Stevenson** • Die Schatzinsel • **William Shakespeare** • Othello • **Arthur Schopenhauer** • Die Kunst, Recht zu behalten • **Felix Salten** • Bambi • **Platon** • Der Staat • **Arthur Schnitzler** • Traumnovelle • **Friedrich Schiller** • Wilhelm Tell • **Karl May** • Winnetou • **Franz Kafka** • Der Prozeß • Platon • Verteidigungsrede • **Jules Verne** • Reise nachdem Mittelpunkt der Erde • **Leo Tolstoi** • Auferstehung • **August Strindberg** • Inferno • **Julius Stinde** • Familie Buchholz • **Wilhelm Raabe** • Die schwarze Galeere • **Friedrich Nietzsche** • Götzendämmerung • **Gotthold Ephraim Lessing** • Emilia Galotti *und viele weitere Werke….*

Ludwig Ganghofer

Hochwürden Herr Pfarrer

&

Die vier heiligen Dreikönige

Hochwürden Herr Pfarrer

Auf seinem Grabe wuchert schon lange grünes Gras, wenn es nicht der Schnee deckt im Winter oder eine pietätvolle Hand am Allerseelentage den niederen Hügel mit schwarzer Erde bestreut. Will ich von dem, der darunter liegt, erzählen, so habe ich keine Mahnung des alten Spruches zu befürchten: *De mortuis nil nisi bene*. Denn selbst seine Feinde – die Finger reichten aus, um sie zu zählen – konnten ihm nichts Schlimmes, nur Absonderliches nachsagen.

Daß er, wie es in Nekrologen so gerne heißt, „durch dieses Leben geschwebt" wäre, läßt sich von ihm nicht gut behaupten, denn die Spur, die seinen Weg kennzeichnete, war tief und breit wie die Spur eines Bierwagens.

Ich weiß, dieser Vergleich ist nicht poetisch, aber er hat Wirklichkeit – und man opfert ja heutzutage dem Wirklichen die Poesie so gerne.

Weder er selbst noch sein Leben, noch sein Wirken war bedeutend, und doch sind sie der Betrachtung wert.

Daß sein Vater ein reicher Bauer war, so einer vom richtigen Schlag der Berge, daran ist an und für sich nichts Besonderes. Merkwürdig in hohem Grade sind aber schon die seltsamen Umstände zu nennen, unter denen Franzerl das Licht der Welt erblickte. Franzerl – so hieß nämlich unser Held. Schon bei den Anzeichen seines Werdens hatte man sich im Familienrate – je nachdem – über den Namen Franziskus oder Franziska geeinigt. Und wenn da wirklich, wie erhofft, ein Franziskus käme, so wußte lang schon im voraus das ganze Dorf, daß der als zweiter Sohn eines reichen Hofbauern „zur Studi auf'n Pfarr“ bestimmt wäre.

War nun Franzerl schon vor seinem Eintritt in die Welt der Stoff so mancher Unterhaltung, so wurde er, da er diesen Eintritt ins Leben endlich vollzog, für mehrere Wochen geradezu zum ausschließlichen Tagesgespräch.

Eigentlich hatte man den oder das Franzerl erst zwei Monate später erwartet – und ohne Ahnung dessen, was die nächste Stunde bringen sollte, ging seine Mutter eines Palmsonntags in das Hochamt. Freilich war es der guten Frau schon ein paar Tage her „net recht so so“ gewesen, was sie aber nicht hindern konnte, ihrer Christenpflicht zu genügen.

Wohl erschien ihr die Predigt ein wenig zu lang, und als sie endlich doch überstanden war, hätte die Bäuerin ihrem körperlichen Unbehagen, das dringend zur Heimkehr mahnte, gerne nachgegeben. Da sie aber, ihrem dörflichen Range angemessen, in einer der vordersten Bänke ihren Platz hatte, so hätte sie, um zur Tür zu gelangen, an all den Leuten vorüber den ganzen langen Kirchengang dahinpilgern müssen –und in ihrem jetzigen Zustand wollte sie das um alle Welt nicht tun. So drückte sie tapfer die Augen zu und betete hurtig weiter, Vaterunser, Ave Maria, Glauben an Gott, die Heiligenlitanei – alles kunterbunt durcheinander, was ihr eben auf die Lippen kam.

Auf einmal aber, gerade als die Frau Lehrerin, begleitet von Orgelklängen, Geigen und Posaunen, droben auf dem Chor das schöne Solo zu singen anhub: *Benedictus qui venti* – da war der Bäuerin „ganz anderst" geworden.

„Verblaßt und daglegen war eins!" erzählte nach der Katastrophe ihre Kirchenstuhlnachbarin.

Von der „Mannerseiten" sprangen ein paar Burschen zu Hilfe, um die Ohnmächtige ins Freie zu tragen. Die gewisse „Frau Gvatterin" aber, die geschäftig, mit beredten Händen die wispernden Leute beruhigend, herbeigeeilt war, erkannte gar bald, „wo

Matthäi im längsten", und ließ die Kranke schleunigst in das Glockenhaus tragen und sorgsam auf einen Haufen schwarzer Bahrtücher niederlegen.

Mit der Andacht der Kirchleute war es jetzt freilich vorbei. Wohl wandte sich der Hochwürdige öfter als vorgeschrieben mit einem unwilligen, von zornigen Blicken begleiteten *Dominus vobiscum* zu seinen Schäflein. Da er aber bemerkte, daß nicht der Altar, sondern die Tür der Glockenstube, aus der man ab und zu recht verdächtige Laute vernehmen konnte, die Aufmerksamkeit unwiderstehlich in Anspruch nahm, da betete auch er das Sanktus, Paternoster und Evangelium rascher denn sonst, verzichtete sogar beim *Ite missa est* auf den üblichen Koloraturenprunk und wäre zu allem Ende fast noch über eine Falte des Altarteppichs gestolpert.

Nach Schluß des Gottesdienstes holte man in Ermangelung eines anderen Transportmittels aus dem Schulhaus eine vollständige Bettlade herbei und schaffte damit die Bäuerin mit samt dem dreißig Minuten alten Franzerl nach Hause.

Als tags darauf der geistliche Herr die Wehmutter besuchte, machte er unter Hinweis auf die unerforschlichen Fügungen des Herrn sehr nachdrücklich auf das seltsame Zusammentreffen des Geburtsortes und der Lebensbestimmung des Kindes aufmerksam und versuchte aus diesem Anlaß gegen den Namen „Franzerl" zu opponieren. Donatus sollte der Junge getauft werden, meinte er, indem er ohne Furcht vor einer gegnerischen Meinung die Behauptung aufstellte, Donatus bedeute soviel als „der von Gott Geschenkte und für Gott Geborene".

Dem aber trat der Bauer kurz und bündig entgegen: „Das geht über mein Verstand! Franz Josef soll der Bub heißen und net anders."

Es war merkwürdig, wie alle Meinungen, die über den Jungen laut wurden, mehr oder weniger mit seinem künftigen Beruf in Verbindung standen. So hatte sich die „Frau Gvatterin" noch im Glockenhause zu der Äußerung veranlaßt gesehen: „Am Kopf fehlt sich nix! Der ist groß gnug für ein Bischof oder ein Kapuziner."

Welchem Ideengange sie folgte, um zu diesem seltsamen Doppelschluß zu gelangen, ist allen, die ihn vernahmen, ein Rätsel geblieben. Gemeinverständlich war schon die Anmerkung, die sie zu den großen, weitabstehenden Ohren des Kindes machte: „Schimpfts mir net über die Wascheln! Die sind schon recht, da überhört er grad nix, wann er im Beichtstuhl sitzt."

Und wenn der Junge unter ihren Händen schrie, tätschelte sie ihm lächelnd die dicken, runden Schenkelchen: „Schrei nur zu, kleiner Herr! Da kriegst grad das richtige Lüngerl zum Predigen!"

Sie war eine perfekte, weitsichtige Prophetin, die Frau Gevatterin. –

Die Jahre vergingen. Franzerl wuchs aus dem Kinderröcklein in die Höschen, kam in die Schule und mit acht Jahren zum Herrn Pfarrer in die lateinische Stunde. Schon jetzt erwachte in ihm das Bewußtsein der einstigen Würde – er fühlte sich, wie man so sagt. Stolz warf er den Kopf zurück, drückte die Brust heraus und zog den Ellbogen auf, so daß er an jeder Seite den Arm trug wie der Krug seinen Henkel. Dabei fing er an, auf seine Altersgenossen von oben herabzusehen, ohne aber deshalb in einen dummen Knabenhochmut auszuarten; und als er erst mensa deklinieren und das Vaterunser lateinisch beten konnte, tyrannisierte er mit Blick und Wort die ganze Schule. Die Spiele wurden nach seinem Willen gespielt, er war Schiedsrichter in allen

Zwistigkeiten, Feldherr in allen Kriegen und Hauptmann in allen Räuberkämpfen. Freilich waren unter seinen Schulkameraden auch manche, die seine Autorität nicht so geradeweg anerkennen wollten; mit denen machte Franzl jedoch kurzen Prozeß; er schlug ihnen, wenn sie nur ein Wort des Widerspruches fallenließen, einfach die mit einem Riemen zusammengeschnürten Schulbücher um die Köpfe – und wer gegen diese letzte Instanz noch zu appellieren versuchte, lag im Straßengraben, eh er sich's versah. Hatte Franzl doch mit zehn Jahren schon das ganze Aussehen eines jungen Bräuknechts! Was er anrührte, spürte seinen Griff. Das konnte man allererstens schon an seinen Büchern ersehen – vierzehn Tage genügten, um vom neuesten Exemplar jegliche Spur eines Einbandes verschwinden zu machen, wobei freilich der oben angeführte Gebrauch ein Wesentliches beitrug; hinter dem Titel aber sahen sie nicht besser aus, da bei seinem gewohnten, raschen „Umblattln“ alle Ecken und Kanten in Franzls dicken Fingern blieben.

Mit einem Worte – schon in jungen Tagen versprach unser Held ein sieghaftes Mitglied der *ecclesia militans* zu werden.

So war Franzl zwölf Jahre alt geworden und hatte freilich mehr an Länge und Körperstärke denn an Weisheit zugenommen. Daß er trotz alledem zu Neuburg an der Donau gleich in die zweite Lateinklasse und mit einem halben Freiplatz in das Seminar aufgenommen wurde, durfte er weniger seinen Kenntnissen als der

Fürsorge seines Pfarrers danken, der zu Anfang seiner Priesterlaufbahn im Neuburger Studienseminar Präfekt gewesen war.

Nun kam für Franzl eine harte Zeit. Erstlich fiel ihm schon das lange Sitzen schwer; und das viele Studieren, zu deutsch Ochsen, war ihm weidlich sauer. Doch betrübte ihn das lange nicht so sehr wie der Umstand, daß er unter all diesen Söhnen von Regierungsräten, Landrichtern und Revierförstern sich weder Einfluß noch Ansehen zu erkämpfen vermochte; und als er es in einer bösen Stunde mit dem früher so wohl erprobten Gewaltmittel versuchte, da setzte es Tatzen und langstündigen Karzer. Seine Kameraden machten ihn aber von nun an erst recht zur Zielscheibe ihres Spottes –

der aus Franzls grobkörniger Redeweise, aus dem dumpf gedehnten „oa“ und „au“ seiner unverfälschten Heimatsprache eine nie versiegende Nahrung schöpfte –, und als diese jungen Herren von der Schulbank erst herausgebracht hatten, daß Franzls Mutter ihre Briefe stets adressierte an „Wohlgeboren Herrn Franzerl ...“, da hieß es „Franzerl“ hin und „Franzerl“ her im ganzen Seminar, so daß dem langen, kräftigen Burschen der mütterliche Schmeichelname bald ein Ekel und Abscheu wurde. Als er dann in die Ferien nach Hause kam, war es sein erstes, daß er diesen Namen abtat und kategorisch den Gebrauch der zweiten Hälfte seines Taufnamens begehrte. Wenn er sich nun auch im Dorfe zu einem „Sepp“ verwandelt hatte, im Seminar, wohin ihn der Herbst zurückführte, mußte er sich wohl das „Franzerl“ noch lange Zeit gefallen lassen. Auch der übrigen Stellung gegenüber seinen Kameraden wußte er erst von der Zeit an, da er in die Gymnasialklassen übertrat, eine lichte Seite abzugewinnen.

Und das kam so: In dem umfangreichen, von einer hohen Mauer umzogenen Garten des Seminars hatten Lateinschüler und Gymnasiasten getrennte Spielplätze. Da erlustigten sich die ersteren auf ihrem Gebiete während der „Freizeit“ an den mannigfachen Turngeräten, Springböcken, Schwungbäumen und Klettergerüsten; wenn sie aber dann nach stundenlangem Umhertollen müd und erhitzt im Grase lagen, lauschten die jungen Burschen neidisch dem Rumpeln der Kugel und dem

Gepolter der fallenden Kegel, das vom Spielplatz der Gymnasiasten herüberklang. Und auf dieser Kegelbahn war Sepp von dem Augenblicke an, da er sie zum erstenmal betreten hatte, unbesiegter Meister geblieben. Wie angeschraubt saß die Kugel in seiner breiten, dickfingerigen Hand, und wenn er sie warf – es war das immer ein Schuß wie aus der Büchse – dann mähte sie die Kegel wie des Schnitters Sense die Weizenhalme. Und nicht nur, daß es für unsern Sepp eine Kleinigkeit war, einen Kranz oder alle Neune zu „schieben“ – er brachte es nach und nach zu einer solchen Kraftentwicklung und Geschicklichkeit, daß er mit einer kleinen Kugel jeden einzelnen Kegel aus dem vollen Spiel herauswarf. Diese unbestrittene und gerechterweise bewunderte Meisterschaft festigte wieder sein Selbstbewußtsein, das unter seiner früheren gedrückten Stellung bedenklich gelitten hatte.

Doch wie im Leben gemeinhin, so schreitet auch manchmal auf der Kegelbahn das Schicksal schnell. Es war im letzten Sommer seiner Studienzeit, just drei Monate vor dem Examen, da nahm Sepps kegelmörderische Meisterherrlichkeit mit einemmal ein jähes Ende. Er hatte da, wie früher so häufig schon, eines Nachmittags wieder gewettet, dreimal nacheinander den hintersten Kegel aus dem Spiel zu werfen. Zweimal war ihm das Kunststück bereits gelungen – nun stand er wieder vor dem Brett und schwang, in den Knien sich wiegend, mit weitausholendem Bogen die kleine Lignum sanctum-Kugel.

Aber sei es, daß er diesmal die Kurve zu hochnahm oder in der Erregung des Spiels und der Wette ein Übermaß von Kraft verschwendete – statt auf den bedrohten Kegel flog die Kugel krachend in die Latten des Daches, so daß an die zwanzig Ziegelplatten zerschmettert niederprasselten auf die Dielen der Kegelbahn.

Der Spektakel dieser Katastrophe hatte den aufsichtsführenden Präfekten herbeigelockt – und die Folge war, daß dem überkräftigen Kegelkönig neben der Verurteilung zu den Kosten für den Rest des Semesters das Betreten der Kegelbahn untersagt wurde.

Das war nun freilich für Sepp ein schmerzlicher Schlag; doch machte er aus der Not eine Tugend, und so kam die ersparte Zeit den Vorbereitungen für das Examen zugut, das er schließlich, wenn auch nicht glänzend, so doch ehrenvoll bestand.

Über die Zeit seines Aufenthaltes im Priesterseminar sowie über das vorangehende Universitätsjahr zu München fließen meine Quellen spärlich. Nur das eine hab ich mir sagen lassen, daß er während seiner zwei philosophischen Semester gleich fleißig wie die Kollegien auch das Hofbräuhaus frequentierte. Ist doch schon in diese Zeit die erste Entwicklungsperiode jenes ausdauernden Purpurs zurückzuleiten, der späterhin durch seine Konsequenzen für Sepps Nase so verhängnisvoll werden sollte.

Daß ihm der Aufenthalt innerhalb der stillen Mauern des Alumnenhauses große Seelenkämpfe und innere Stürme brachte, ist wohl nicht anzunehmen. Sein Geist erfreute sich niemals einer besonderen Beweglichkeit. Gedankenskrupel waren ihm zuwider wie schales Bier. Er ließ andere denken und nahm Worte und Dinge, die man ihn lehrte, willig und kritiklos entgegen. Dann war ihm ja auch seine Berufsbestimmung von Kindheit an so in Fleisch und Blut übergegangen, daß ihm niemals der leiseste Gedanke kam, als hätte er auch zu etwas anderem geboren sein können. Kurz, er verließ als geweihter Priester die Schwelle des Seminars mit derselben gleichmütigen Ruhe, mit der er sie betreten hatte – und als er vier Wochen später in dem weiten Grasgarten seines Elternhauses unter blauem Himmel seine Primiz feierte, da hielt er den ungeheuren

Zulauf der Landbevölkerung für etwas ganz Selbstverständliches und Natürliches. Der Pfarrer und ein paar Betschwestern nahmen es ihm freilich übel, daß er beim Festmahle dem Bierkrug und der Weinflasche allzu wacker zusprach, um ungefähr seine Kammer finden zu können. Sepp aber soll auch das für natürlich und selbstverständlich gehalten haben.

Bald darauf verließ er seine Heimat, um die erlangte Kaplanstelle in einem weit entfernten Pfarrdorfe anzutreten. Da nahm er als Köchin die alte Hausmagd seiner Eltern mit sich, die ihn als Kind schon auf den Armen getragen hatte.

Über Sepps siebenjährige Kaplanzeit und über die fünf Jahre, die er als Pfarrer in einem hochgelegenen Gebirgsort verbrachte, breitet sich wieder ein Schleier, den keine Nachfrage zu lüften vermochte.

Da segnete eines Tages der alte hochwürdige Herr in seinem Heimatdorfe das Zeitliche, und wenige Wochen später vernahmen die Bauern von – sagen wir Wackersdorf – mit sehr geteilten Empfindungen die Kunde, daß Sepp zum Nachfolger des Hingeschiedenen ernannt wäre. Seine Verwandten sahen dem Eintreffen des neuen Pfarrers mit Stolz und großen Erwartungen entgegen, da sie sich mit der gerechten Hoffnung trugen, daß ihr zu geistlichen Ehren und Würden gekommenes Blut ihrer Stellung im Dorfe einen erhöhten Nimbus verleihen würde. Andere jedoch, die mit Sepp auf der gleichen Schulbank gesessen, von ihm gedrillt und geknechtet worden waren und sich inzwischen zu hausgesessenen Bauern und wahlfähigen Handwerkern ausgewachsen hatten, ergingen sich in recht pessimistischen Befürchtungen, und das um so mehr, als sie, wenn auch etwas dunkel und unbestimmt, von der energischen, weder Einmischung noch Widerspruch duldenden Amtsführung vernommen hatten, die Sepp dort oben in jenem Gebirgsneste zu handhaben pflegte. Beide Parteien vereinigten sich jedoch in der Spannung und Neugierde nach dem Aussehen des neuen Pfarrers, den sie seit seiner Primiz nicht mehr zu Gesicht bekommen hatten. All die zwölf Jahre her war Sepp nicht mehr als Gast in seinem Elternhaus eingekehrt – hatte ihm doch sein Beruf nicht einmal gestattet, dem Begräbnis seines Vaters beizuwohnen.

Nun sollte er als wohlbestallter Seelsorger in seinem Heimatdorfe Einzug halten – und am Tage seiner Ankunft waren Pfarrhof und Kirche von innen und außen mit Blumen, Tannenbäumchen und Laubgewinden geziert, während draußen vor dem ersten Hause des Ortes ein riesiger Triumphbogen sich über die Straße baute. Im grauenden Morgen schon war des Pfarrers Bruder, der Hofbauer, begleitet von der bejahrten Mutter, in blumengeschmückter Kutsche nach der Bahnstation gefahren – und lange vor der Stunde, zu der sie zurück sein konnten, standen die Leute in dichten Gruppen vor dem Dorfe und spähten die weit sichtbare Straße entlang.

Endlich rollte, von Staub umwirbelt, der Wagen mit dem Erwarteten einher, die Rosse standen, die Böller krachten, die vom Lehrer angeführten Schulkinder intonierten einen Jubelchor – die Leute aber reckten die Hälse und stießen unter mühsam verbissenem Kichern die Ellbogen aneinander, denn aus der wankenden, ächzenden Kutsche stieg eine schwarze Gestalt, die den Größten im Dorfe noch um Haupteslänge überragte, mit Armen, Schultern und einem Leibe, daß der verhüllende Talar an Stoff wohl ausgereicht hätte für die Flügelröcke zweier richtiger Männer – mit einem Kopfe darüber, haarborstig, eckig und massiv, mit einem breiten Gesichte, daraus eine Nase sich ballte – eine Nase! Wo find' ich für die Schilderung dieser Nase Worte und Bilder? Diese Nase war gar keine Nase – sie war eine Volksversammlung von Nasen und Näschen, von deren Gipfel eine flammende Röte über Wangen, Stirn und Lippen floß, wie – wie – wie glühende Lava über die Felshänge und Schroffen eines feuerspeienden, bizarr gebuckelten Berges.

Und das war Sepp, der neue Pfarrer von Wackersdorf!

In der einen Hand den Hut, in der andern das dicke silberbeschlagene Rohr, so stand er, regungslos zur Erde niederblickend, vor den singenden Schulkindern, die mit scheuen Augen zu jenem monströsen Gesichtsberge hinaufschielten. Als dann das Lied zu Ende war, trat ein weißgekleidetes Mädchen aus der Reihe, reichte dem Pfarrer einen Blumenstrauß, knickste und begann:

„Hochwürdiger Herr Pfarrer,
hören Sie mich an!
Das ganze Dorf drängt jubelnd
sich heran,
Um Ihnen zu begrüßen, wie's der
Brauch,
Die Erwachsenen und die
Schulkinder auch.
In diesem Ort sind Sie geboren
Und zum geistlichen Stand
erkoren woren.
Nun kommen Sie durch Gottes
Gnad und Gunst
Als hochwürdiger Herr Pfarrer zu
uns.
Das muß für Ihnen eine große
Freude sein,
Wie auch wir alle uns darüber

freun.
Nun bitt ich Sie, nehmen Sie in
Lieb und Güt
Uns alle auf in Ihr Herz und
Gemüt
Und lassen Sie uns freundlich
werden zuteil
Ihre Sorge für unser Seelenheil
Recht viele, viele Jahre noch.
Der hochwürdige Herr Pfarrer
lebe hoch!"

„Hoch! Hoch! Hoch!“ schrie es in hundertstimmigem Chorus – dann räusperte sich Sepp, was eine atemlose Stille hervorrief, legte die Hand auf das Haupt des kleinen, weißgekleideten Mädchens, und unter stolzem Lächeln streifte er die Gesichter der

Leute mit einem langsamen, forschenden Blick aus den kleinen, von Wangen und Lidern schier erdrückten Augen. Wie angrollender Donner klang es, als er zu reden begann:

„Meine lieben Landsleute und nunmehrigen Pfarrkinder! Es freut mich außerordentlich, daß ihr euch so angstrengt habt wegen meiner, was allerdings bei jedem Pfarrer geschieht, ob man ihn jetzt gern kommen sieht oder ungern. Wie's in dem Punkt mit euch bestellt ist, das werden ja die nächsten Wochen zeigen. Aber mag's jetzt sein, wie's will, ich versprech euch, daß ich meiner Heimatgemeind ein redlicher Seelsorger sein und allweil euer Bestes im Aug haben will ... und wann's selber gegen euren Verstand und Willen ging. Also nochmals meinen besten Dank für alle und für jeden! So! Und jetzt machen wir, daß wir heimkommen, denn ich hab seit gestern mittag nix Warms mehr gessen."

Er nahm den Arm seiner Mutter, aus deren Augen Freude, Stolz und Sorge sprach, zog den Bürgermeister an seine andere Seite und wanderte zwischen den beiden die Straße dahin nach dem Pfarrhause. Ihm nach marschierte die liebe Jugend und ein großer Teil der Leute. Viele jedoch blieben, die Hände in den Taschen, flüsternd, raunend, wispernd und plaudernd unter dem Triumphbogen stehen.

„Du! Hast du schon einmal so was gsehn?"

„Na! Ich no net!"

„Kreuzsakra, is das ein Köpfl!"

„Jetzt, ich sag, er hätt schon droben bleiben können in seim Felsennest ... der Pfarrer mit die sieben Tagwerk Nasen."

Das Wort wurde belacht und machte in wenigen Stunden die Runde durch das Dorf.

Andern Tags wurde die Installation mit großer Feierlichkeit begangen, wobei der Herr Dekan eine Festpredigt hielt, die mehr lang als erbaulich war.

Der kommende Sonntag brachte noch eine kleine Erregung – Sepps erste Predigt. Der Lehrer, ein heimtückischer Achselträger, hatte dem Pfarrer jenes ominöse Wort von den sieben Tagwerken und der Nase hinterbracht. Wenn sich Sepp nun auch in anscheinender Gleichgültigkeit für die

Zukunft alle derartigen Rapporte verbat, so hatte ihn die Rede doch geärgert.

Als er dann am Sonntag auf der Kanzel stand und das Evangelium gesprochen hatte, lehnte er sich mit beiden Armen weit über die Brüstung und begann:

„Andächtige Zuhörer in Christo! Da ist er nun, dieser neue Pfarrer von Wackersdorf, derselbige mit seine sieben Tagwerk Nasen, der euch gar so zuwider ist. Diesem Pfarrer gefallt es dahier an der Stätte seiner Wiege sehr wohl. Und er hat im Sinne, immer bei euch zu bleiben. Was werdet ihr aber tun, wenn dieser Pfarrer einmal stirbt, mit seine sieben Tagwerk Nasen? Da müßt ihr entweder den Friedhof vergrößern oder die sieben Tagwerk in die Tiefe graben. Es wäre mir um meiner Ruhe willen angenehm, wenn sich der Gemeinderat jetzt schon mit dieser Frage befassen würde. Und nun zum Texte unseres heutigen Evangeliums ...“ In tönendem Schwalle sprudelten ihm nun die Worte christlicher Ermahnung von den Lippen, und als er erst so recht in Zug kam, da funkelten seine Augen, da regnete es Pech, Schwefel und höllisches Feuer, da hallten die Wände vom Klang seiner mächtigen Stimme, die Fensterscheiben erzitterten, und unter seinen Faustschlägen dröhnte die Kanzel. Dabei kam er, je mehr er sich in seinen heiligen Eifer hineinsprach, immer mehr von dem hochdeutschen Tone ab, in dem er begonnen, bald platzte ihm ein derbes, aber bezeichnendes Wort über die Lippen, dann kam so ab und zu ein ganzer Satz in den Lauten seiner Heimatsprache, und zu guter Letzt klang seine Rede, wie der Bauer zum Bauer spricht. „So! Für heut soll's gnug sein! Und wen's troffen hat, der kann sich hinter die Ohrwascheln kratzen. Amen!“

Als das Hochamt zu Ende war und die Bauern über den Kirchhof schritten, winkten sie einander zu und nickten zustimmend vor sich hin.

„Du! Der kann's!“

„Hätt's net denkt!“

„Gwiß wahr, so hab ich noch nie kein net predigen hören.“

„Der redt eim ja ins Gwissen, daß eim d' Haar aufstehn vor Schauder und Sündenreu.“

„Und weißt, was das schönste dran is?“

„No?“

„Daß man versteht, was er sagt und was er meint, und daß er kein so lateinisch Gsalbader macht wie der ander selig.“

„Ja, ja! Und einschlafen tut bei ihm gwiß keiner!“

„Da kannst recht haben!“

So und ähnlich schwirrte es hin und her in ernsten und scherzhaften Worten – und gar, als die Bauern eine Viertelstunde später auf dem Marktplatz im großen Bürgerrat beisammenstanden und der Ortsvorsteher verlas, daß Hochwürden Herr Pfarrer aus Anlaß seines Amtsantritts fünftausend Mark zur Erbauung eines neuen Armenhauses gestiftet habe, da waren die „sieben Tagwerk Nasen“ vergessen, und über Sepp herrschte nur noch eine Stimme der Anerkennung und Zufriedenheit.

Woche um Woche verging, und alles war zum besten in ein ruhiges Geleise gekommen. Die Leute gewöhnten sich an die rauhen, oft gröblichen Worte des Pfarrers, da sie sahen, wie gut er es trotz alledem mit ihnen meinte, wie er an keinem Krankenbett fehlte, wie er überall, wo Not an den Mann kam, mit bestem Rat und ebenso häufig mit materieller Hilfe beisprang und wie er das Wohl der Gemeinde und seiner Pfarrkinder zu seiner einzigen Sorge machte.

Die Jungen freilich brummten ein wenig gegen die strenge Zucht, die er führte, und waren anfangs zu Possen und Ärgernis wider den Pfarrer gern bereit.

Seit der Zeit jedoch, da Sepp einen Burschen, der schlecht an einem Mädel gehandelt und dieser Tat sich am Wirtstische gerühmt hatte mit dem Bemerken, daß es ihn den Teufel kümmere, was der Pfarrer dazu sagen würde – seit Sepp diesen Burschen, als er gerade am Pfarrhof vorüberging, beim Kragen gefaßt, in den Flur gezogen und dort windelweich geprügelt hatte, waren die andern von einem heilsamen Respekt erfaßt worden.

Solche kleinen Intermezzi abgerechnet, lebte auch Sepp in der ersten Zeit ruhig und zufrieden seine Tage dahin. Sein Vormittag galt dem Kirchendienst, seinem Brevier und der Erledigung seiner Schreibereien. Nach Tisch unternahm er, mochte das Wetter gut oder schlecht sein, einen stundenlangen

Spaziergang in Wald und Feld. Auf dem Rückwege sprach er dann bei seinen Kranken vor – und überall, wo er ging, liefen ihm die Kinder zu, um seine großen, roten Hände zu küssen. jeden Erwachsenen, dem er begegnete, hielt er mit lautem Gruß an und fragte ihn nach Leid und Freud in seiner Familie. Darauf kehrte er im Wirtshaus ein, um sein gleichmäßiges, freilich gutbemessenes Quantum Bier zu vertilgen und den Rest des Nachmittags mit einem Kegelspiel oder einem harmlosen Taröckchen zu vertreiben. Am Sonntag saß er hier mitten unter seinen Bauern und disputierte mit ihnen von all jenen Dingen, von denen ein Bauer eben zu reden weiß. Wenn bei einbrechender Dunkelheit die Aveglocke zum Gebet läutete, sprach er mit den Wirtsgästen gemeinsam noch den Abendsegen: „Der Engel des Herrn brachte Maria die Botschaft, und sie empfing vom Heiligen Geist. Gegrüßt seist du usw." Dann nahm er Hut und Stock, dankte für die allseitig gewünschte Gute Nacht und wanderte dem Pfarrhof zu. Da hatte er es dann gerne, wenn einer seiner Verwandten oder der eine und andere seiner intimen Bekannten nach dem Abendessen noch auf ein Plauderstündchen bei ihm vorsprach, um unter Scherz und Ernst eine Flasche echten Tiroler zu bechern.

Aber nicht allein im eigenen Dorfe mehrte sich des neuen Pfarrers Ruhm von Tag zu Tag – der Ruf seiner flammenden Predigten verbreitete sich ringsum im Lande, und an Sonn- und Feiertagen strömten die Bauern auf Stunden weit herbei, um den „Plöderersepp“ predigen zu hören. Diese Bezeichnung war zu gleichen Teilen Ehren- und Spitzname – doch mag es den Sprachgelehrten überlassen bleiben zu erkunden, inwieweit die erste Hälfte mit dem mittelhochdeutschen blödern verwandt ist, das so viel wie rauschen, brausen und wohl auch so viel wie überlaut sprechen bedeutet.

Sepp verstand es, diesen dickköpfigen Christen auf ihre eigene Weise in das Herz zu reden, wobei er vor allem die Aufmerksamkeit durch eingestreute Bilder, Geschehnisse und Histörchen zu fesseln wußte, die er mit dem gleichen Ernst behandelte wie das Heiligste des Heiligen. Gar mancher Satz und manch eine Geschichte, die er da mit seiner

Donnerstimme von der Kanzel verkündete, lebt heute noch wortgetreu im Gedächtnis jener, die sie unmittelbar aus seinem Munde vernahmen oder von Älteren überliefert erhielten.

So begann er an einem Marienfeste seine Predigt mit folgenden Worten: „Ihr meine lieben Kinder im Herrn! Es wird euch nicht unbekannt sein, daß es auf der Welt gar verschiedene Nüsse gibt, als da sind Haselnüß, Welschnüß, Bedürfnis, Hindernis, Betrübnis und andere mehr. Doch unter alle Nüß die kostbarste, die edelste und erhabenste, das ist – Mariä Empfängnis."

Ein andermal, man feierte Schutzengelfest, fuhr er, an das Wesen und die Bestimmung der Schutzengel anknüpfend, folgendermaßen fort: „Bei manchem hat's zwar nicht den Anschein, aber es ist deswegen doch lautere Wahrheit, daß jeder Mensch seinen Schutzengel hat: Der Bauer und die Bäuerin, der Sohn und die Tochter, der Knecht und die Dirn, jeder Mensch hat einen. Und daß ihr wißt, was ein heiliger Schutzengel für seinen Schützling leisten kann, wenn er ihn hochhält durch fleißiges Gebet und geziemende Verehrung ... deswegen will ich euch erzählen, was ich für einen Schutzengel hab. Es wird euch allen bekannt sein, daß mir vor vier Wochen auf meiner Rückfahrt von Altötting die Pferde durchgegangen sind. Die Roß sind gflogen, der Kutscher is auch gflogen ... aber anderst ... und ich und die Köchin sitzen allein im Wagen. Was glaubt ihr, daß ich mir da denkt hab? „Du mein lieber, heiliger Schutzengel, erhalt dein alten Sepp!“ Und kaum, daß ich's denkt habe, reißt's auch schon den Wagen um. Was glaubts aber, daß ich jetzt gsagt hab? „Du mein lieber Schutzengel, 's Aufbetten verstehst!“ Denn neben meiner Köchin bin ich dringsessen im dicken Gras wie im schönsten Flaumenbett.“

Einer ausgedehnten Kolportage erfreut sich heute noch die Trauerrede, die Sepp am Grabe seines besten Freundes und täglichen Gesellschafters, am Grabe des Bräumeisters von Wackersdorf, gehalten hat. Als er, mit Mühe seine Bewegung meisternd, die rituelle Einsegnung gesprochen hatte, schloß er das Buch und blickte lange Sekunden stumm und mit nassen Augen auf den schwarzen Sarg, bis er endlich mit gedrückter Stimme zu reden begann: „Siehst es, Wölferl, siehst es! Wann so bei mir gsessen bist, hast allweil gmeint, du gehst einmal mit meiner Leich und schaust mir in die Gruben! Und jetzt geh ich mit deiner Leich und schau dir in die Gruben! Ja, ihr Freunde und Trauernden, blicket her auf diesen Sarg, der ein furchtbares Sinnbild der irdischen Vergänglichkeit ist! Vor wenigen Tagen habt ihr noch mit ihm gescherzt und gelacht, und nun liegt er da, der gute Bräumeister, dieser vorzügliche Biermacher! Ja! Dieses feine, dieses milde, dieses klare Bier wird man selten finden. Dafür war Wolfgang Adler aber auch im bayerischen Walde geboren, in jenem bayerischen Walde, aus dem die glorreichen Bräuknechte hervorgehen, geboren im Jahre 1801, wo selbigsmal der große Wind gegangen ist.“

In diesem Tone sprach Sepp weiter, die Lebensgeschichte des Verblichenen verherrlichend, bis er endlich mit den Worten schloß: „Und wer meinen lieben Bräumeister bei Lebzeiten nicht nach Verdienst geschätzt hat, der wird es jetzt nach seinem Tode tun. Ihr werdet schon sehen! Wenn ihr da von der Arbeit kommt, müd, hungrig und durstig, oder ihr kehret vom Felde heim, wo euch die Sonn auf die Köpfe geschienen hat, daß euch die Zung am Gaumen pappt, und ihr müßt ein trübs und mattes Bier trinken ... gelt ja, da könnts nacher schreien: O du grundgütiger Herrgott, hättst uns doch unsern Bräumeister glassen! Da kommt euch nachher 's Einsehen, was er für euch gwesen is. Aber statt daß nachher auf den neuen

Panscher gschimpft sein muß, betet lieber ein heimliches Vaterunser und wünschet dem Toten, was ich ihm jetzt wünsch: Herr, gib ihm Fried und Ruh in Ewigkeit, Amen." Dann wandte er sich schluchzend an die Leichenträger: „Und so laßts ihn halt abi in Gottes Namen!"

So wären Beispiele, wie dieser dörfliche Abraham a Santa Clara seinen Bauern zu predigen pflegte, noch zu Dutzenden anzuführen.

Da mag es jetzt nach all dem Erzählten freilich scheinen, als hätte Sepp in ungetrübter Ruhe seines Lebens sich freuen können. Dem war aber doch nicht so. Denn abgesehen davon, daß das stete Wachstum und Vermehrungsgelüste seiner Nase ihm manche schwere Stunde bereitete, wurde der ruhige Gang seiner Tage von einem roten Faden des Haders gekreuzt, der für den guten Pfarrer wohl noch zur würgenden Schlinge geworden wäre, wenn nicht – aber das später.

Zwei Monate nach Sepps Amtsantritt in Wackersdorf hatte sein hochwürdigster Herr Bischof gelegentlich einer Inspektionsreise für die Dauer eines Mittagessens im Pfarrhofe vorgesprochen.

Der Pfarrer war sich natürlich der Ehre vollauf bewußt, die ihm da widerfuhr, ließ, soweit er und seine alte Köchin es verstanden, auftragen, was gut und teuer war, und strahlte vor Vergnügen, da der hochwürdigste Herr jede Schüssel und jede Flasche gar freundlich zu loben beliebte. Übereifrig und unermüdlich war Sepp im

Beantworten all der leutseligen Fragen, die an ihn gerichtet wurden. Und als darin der hohe Gast sich so nebenbei auch erkundigte, wie Sepp mit dem Einkommen seiner Pfarrei zufrieden wäre, da nickte der Hochwürdige schmunzelnd vor sich hin:

„Aaah, Wackersdorf ist wohl eine von den besten Pfarreien. Da bleibt nichts zu wünschen übrig. Und dann... so ein bißl was hab ich ja selber auch ... also..."

„Also sind Sie", unterbrach ihn der Bischof, „im Vergleich zu Ihrem Vorgänger noch weit besser dran, der doch von seiner Pfründe allein jährlich achthundert Mark zurücklegen konnte."

Sepp lachte. „Ich selber wüßte auch nicht, wie ich alles allein brauchen sollt."

„Ihr Herr Vorgänger hat in liebenswürdigster Weise diese jährliche Ersparnis der Vervollkommnung meines Priesterseminars zugewendet. Und ich würde gerne hören, daß Sie, sei es nun aus rein wohltätigem Drange für das Interesse unseres Standes oder aus irgendwelchem Motive der Dankbarkeit, das gleiche beabsichtigen möchten."

Betroffen schwieg Sepp eine Zeitlang. In seiner Hand zitterte die Gabel, mit deren Zinken er auf seinem Kuchenteller Figuren in die Zuckerkrumen zeichnete. „Freilich ... an meinem Beutel zehren mehr als an dem des alten Herrn Pfarrer selig ... das heißt, was ein anderer in dem Pfarrhof erspart hat, kann ich auch ersparen ... und also gut... ich will jedes Jahr die gleichen achthundert Mark zurücklegen. Aber was ich einnimm, ist ja Bauerngeld ... es wäre also doch wohl nicht mehr als billig, wenn ein entbehrlicher Überschuß wieder den Bauern zugut käm. Unser Kirchl ist klein, und jeden Sonntag muß ein Teil der Leute Predigt und Hochamt durch die offenen Türen und Fenster anhören ... es wäre also da ein Erweiterungsbau wohl auch ein gutes, christliches Werk, mein ich – wenn also der hochwürdigste Herr Bischof nichts dagegen hätten ...“

„Bitte, Herr Pfarrer, was ich sagte, war nur ein Vorschlag, den Sie ja immer noch des genaueren überlegen können!“ lautete die lächelnde Antwort, während der hohe Gast sich vom Tisch erhob.

Eine Stunde später, als das Rollen der bischöflichen Equipage auf der staubigen Straße verklang, steuerte Sepp in langen Schritten dem Bräuhause zu.

„Wölferl! Wölferl!“ rief er mit lauter Stimme durch das offene Tor in den weiten, von Wasserdämpfen erfüllten Sudraum. „Mach weiter, nimm dein Hut!“ sprach er den damals noch in voller Gesundheit strotzenden Bräumeister an, als dieser mit fröhlichem Grüßgott herbeisprang. „Und geh ein Stündl mit mir spazieren. Ich hab was z'reden mit dir.“

Als nach Wochen vom bischöflichen Sekretariat eine Anfrage einlief, „Wie Hochwürden in der bewußten Angelegenheit sich entschieden habe“, antwortete Sepp bündiger als gerade notwendig gewesen, daß die Stiftung der jährlichen achthundert Mark zur Erweiterung der Kirche vorläufig für fünf Jahre beim Ortsvorsteher verbrieft läge.

In das folgende Frühjahr fiel eine Landtagswahl, und Sepp, von jeher ein abgesagter Feind aller politischen Umtriebe, beteiligte sich dabei eben nur durch Abgabe seiner Stimme. Einem bischöflichen Erlaß, der einige Wochen später einlief, war ein ziemlich ungnädig gehaltener Vermerk über diese Lauheit im Dienste der kirchlichen Interessen beigefügt.

Und merkwürdig – Sepp konnte von nun an dem Ordinariate keinen Bericht, dem Bezirksamte kein Protokoll mehr korrekt und umfassend genug zustande bringen; da kam eine Reklamation, eine Berichtigung um die andere an den Pfarrer zurück. Einmal – es ging schon in das zweite Jahr, seit Sepp in Wackersdorf weilte – erhielt er eine ernstliche Ermahnung wegen seiner Art zu predigen. Es wäre unschicklich und ärgernisgebend, so hieß es, daß er Dinge profanen Inhalts in einer Art und Weise auf der Kanzel zu verhandeln liebe, die sich kaum mit dem am Biertische zu wahrenden Anstand, um so viel weniger mit der Heiligkeit des Ortes vertrage, an dem man das lautere Wort Gottes zu hören gewohnt wäre.

Sepp war wütend. Er sandte eine geharnischte Erwiderung an das Ordinariat: Man solle den Pfarrern auf dem Lande nicht vorschreiben, wie sie zu predigen hätten. Die Herren Pröpste und Kapitularen verstünden wohl, auf welche Weise man den seidenrauschigen Stadtfräulein das Evangelium in das – Mündchen streichen müsse. Wie man aber den Bauern ins Gewissen zu reden habe, das verstünde nun er wieder besser, da er wisse, was Bauernart wäre.

Umgehend kam die Antwort: Daß er Bauernart zu üben wisse, beweise der Ton seines Schreibens. Unter dem Bemerken, daß man ihm eine derartige Kritik eines Ordinariatserlasses ein für allemal untersage, würde man es ihm für geraten bezeichnen, die ergangene, gelinde Ermahnung als einen Beweis des Wohlwollens zu betrachten. Man hätte es vorerst nur deshalb bei der zarten Warnung bewenden lassen, da man ihn bislang noch für so gutmütig kurzsichtig halte, in dem Zulauf der Landbevölkerung zu seinen Predigten eine bäuerlich fromme Begeisterung zu erblicken, während das Motiv hierfür doch nichts anderes wäre als die Sucht der Leute, sich an des Herrn Pfarrers Kanzelspäßen zu erlustigen.

Das kam unserem Sepp nun wieder spaßhaft vor. Seine guten, frommen Bauern, die regungslos mit offenen Ohren und Mäulern saßen und standen, wenn er auch stundenlang predigte, sollten sich über ihn lustig machen! Diese Vermutung erschien ihm so komisch, daß sie ihn mit dem ganzen Handel versöhnte und seine Ruhe wieder ins Gleichgewicht brachte.

Er legte das Schreiben zu den übrigen, fuhr fort zu predigen, wie er es bisher gewohnt war, und als er Monate hindurch „von oben" nichts weiter zu hören bekam, dachte er nichts anderes, als daß die hohen Herren in der Stadt eben zur Einsicht gekommen wären.

Da, an einem Sonntag – Sepp stand eben in der Sakristei und zog das Chorhemd mit den zierlich gekräuselten Spitzen über den Talar – kam plötzlich seine alte Köchin herbeigelaufen und flüsterte ihm zu: „Herr Pfarr! Herr Pfarr! ... Der Landrichter!"

„Was is mit dem Landrichter?" fragte Sepp die Alte, die vor atemloser Erregung kaum weitersprechen konnte.

„In der Kirch is er ... drin im Glockenhaus versteckt, der Gmeindsdiener hat mir's gsagt ... der hat's gsehen, wie ihn der Lehrer nach'm Zammläuten einigführt hat."

„Is gut! Geh nur zu!“ stieß Sepp zornig hervor, drückte das Barett in die Stirn und trat mit langen Schritten aus der Sakristei in den Kirchenraum. Trippelnd folgte ihm der Ministrant mit Weihwasserkessel und Sprengwedel.

Auf den Stufen, die vom Altarraume zu den Betstühlen hinunterführten, blieb er stehen und sprach mit erhobener Stimme: „Liebe Pfarrkinder! Bevor ich den heiligen Gottesdienst beginne, habe ich euch etwas zu sagen. Ich hab euch heut wieder einmal eine tüchtige Predigt halten wollen, und es hätt euch das auch sehr notgetan. Da hint im Glockenhaus steht aber einer, der mir net taugt, und drum könnt ihr's über acht Tag hören!“ Damit faßte er den Sprengwedel, schritt den Kirchgang auf und nieder, das

Weihwasser in dicken Tropfen über die sich bekreuzenden Leute sprühend, und verschwand dann erhobenen Hauptes in der Sakristei, um sich zum Hochamt anzukleiden.

Mit einem Schlage wandten sich nun alle Gesichter gegen die Tür des Glockenhauses, und ein zischelndes Flüstern durchlief die Betstühle. Da trat aus der letzten Bank einer der Knechte von Sepps Bruder hervor, ging auf den Turmbau zu und stieß mit der Faust die Tür auf. An ihm vorüber schritt aus dem dunklen Raum ein schwarzgekleideter Herr und steuerte eilfertig dem Portale zu, während er mit der einen Hand den Zylinderhut vor das Ohr hielt und mit der andern ein weißes Taschentuch über Mund und Nase deckte.

Als Sepp nach dem Hochamt die Sakristei verließ, sah er auf dem Kirchhof die Männer in Gruppen beieinanderstehen. Und eine Viertelstunde später, während er in seiner Stube beim Frühstücke saß, kamen die sechs Ältesten der Gemeinde zu ihm. Man wisse schon, wer der Besuch gewesen sei und auch, was er zu bedeuten habe – so wandte sich ihr Sprecher an den Pfarrer. Und deshalb ließe ihm die Gemeinde jetzt sagen, daß weder der Herr Landrichter noch sonst jemand den Bauern von Wackersdorf etwas dreinzureden hätte. Ihr Pfarrer wäre ihnen recht, gerade so und nicht anderst. Und was auch geschehen möge, sie würden zu ihm halten wie er in Not und Sorgen zu ihnen.

Sepp konnte vor Rührung kein Wort sprechen. Er drückte den Männern nur stumm die Hände und schob sie zur Tür hinaus – hätte er sich doch vor ihnen der zwei dicken Tränen schämen müssen, die er, wieder allein, mit seinen klobigen Fingern aus den Augen wischte – dieser Riese an Gliedern, der an Herz ein Kind war, wenn nur einmal die grobe Rinde sprang, die es umhüllte.

Die folgende Woche brachte noch eine andere Aufregung ins Dorf. Ein Bräuknecht, der um seines gesunden Humors willen bei jedermann beliebt gewesen, hatte durch einen Sturz in die mit kochendem Wasser gefüllte Sudpfanne den jähen Tod gefunden. Als Sepp auf die Schreckenskunde herbeieilte, fand er das Everl, die seit längerer Zeit schon halbverwaiste Tochter des Verunglückten, ein sechzehnjähriges, braves, blühendes Kind, neben der gräßlich verstümmelten Leiche aufgelöst in Jammer. Sepp überließ die Sorge für den Toten all den herbeigeeilten Leuten und führte das schluchzende Mädchen mit sich in den Pfarrhof – und da war es nun seltsam anzusehen, wie der großmächtige Mann neben dem Kinde saß und ihm Trost zusprach in den liebevollsten Worten.

Immer und immer wieder sprang Everl auf und begehrte schreiend zu ihrem Vater. Sepp aber, der verhindern wollte, daß sie sich an dem grauenhaften Anblick der Leiche von neuem entsetzte, drückte sie stets wieder mit sanfter Gewalt in die Sofaecke: „Schau Everl, bleib bei mir! Dein Vater is ja jetzt im Himmel bei deiner Mutter, und da schauen's jetzt miteinander runter zu dir. Drum mußt net so weinen und jammern, denn weißt, das spüren die Verstorbenen, und das tut ihnen grad so weh in der Seel als wie uns. Geh, komm, mußt dir net die Erinnerung verunstalten lassen durch das traurige Bild. Wie dein Vater im Leben war, so mußt ihn im Herzen behalten."

Wenn solche und ähnliche Worte auch die Tränen des Mädchens nicht zu stillen vermochten, so brachten sie ihm doch soviel Trost und Ruhe, daß es einsah, wie gut der Pfarrer es meinte, und seinen Anordnungen williges Gehör schenkte.

Als Sepp später das Haus verließ, mußte die Köchin beim Everl in der Stube sitzen; und da er wohl einsah, welch ein trauriger Aufenthalt für die Verwaiste das eigene, totenstille Häuschen wäre, so gebot er der

Alten, in ihrer Kammer für das Mädchen ein Lager zu richten; wenigstens bis nach dem Begräbnis sollte Everl im Pfarrhof bleiben.

Am andern Tage hielt er im ganzen Ort Umfrage nach einem Platz für die Waise; doch fand er keine Stelle, an die er sie gern und beruhigt gegeben hätte. Als er des Abends sich darüber bedauernd gegen seine Köchin äußerte, warf die Alte ein: „Wissen S' was, Herr Pfarrer, bhalten S' das Madl bei uns! Bei mir geht's sowieso nimmer recht mit Händ und Füß, ich könnte eine junge Beihilf gar net übel brauchen."

Und so geschah es. Everl fand im Pfarrhof eine zweite Heimat, und es tat ihrem Herzen wohl, daß sie hier so gut und freundlich gehalten wurde. Mit schwärmerischer Dankbarkeit hing sie an ihrem Wohltäter, und rührend war es zu sehen, mit welchem Fleiß sie sich jeder Arbeit im Haus unterzog und mit welchem Eifer sie der alten Köchin jede Mühe zu erleichtern suchte. Ehe noch die zweite Woche verging, war sie mit allen Obliegenheiten so vertraut und in allen Dingen so geübt, daß ihre Unterweiserin anfangen konnte, die Beschließerin zu spielen und plaudernd am Herd zu sitzen.

Sepp hatte in diesen zwei Wochen ungewöhnlich viel mit Schreibereien zu schaffen. Tagtäglich kamen und gingen Briefe. Eines Morgens kam auch ein fremder Herr mit einem langen, schwarzen Bart zu Besuch, der sich außerordentlich für die Dorfkirche zu interessieren schien. Ein andermal ließ Sepp gar die Kutsche seines Bruders kommen, fuhr gleich nach der Messe davon, ohne zu hinterlassen, wohin, und kehrte erst spät in der Nacht wieder zurück.

Am folgenden Sonntag lüftete Sepp den Schleier dieses geheimnisvollen Treibens. Er ließ nach dem Hochamt jene sechs Ältesten der Gemeinde, die damals nach der Landrichtergeschichte als Kundgeber des Vertrauens seiner Pfarrkinder zu ihm gekommen waren, in den Pfarrhof rufen und hielt, während er auf dem Tisch verschiedene Schriften und Pläne ausbreitete, eine Ansprache des Inhalts: Wie sie wüßten, hätte er sich für fünf Jahre verpflichtet, zugunsten einer Erweiterung der Pfarrkirche jährlich achthundert Mark zu hinterlegen. Da man aber nie wisse, was die Zukunft bringe, und da er sich für den Ausdruck des Vertrauens, den ihm die Gemeinde entgegengebracht, dankbar erweisen wolle, so hätte er Baupläne und Voranschläge fertigen lassen, die Baugenehmigung schon eingeholt, und hiermit übergebe er ihnen als Vertretern der Gemeinde die Urkunden und dazu die Summe, die mit den bereits bezahlten Jahresraten die Höhe der Kostenvoranschläge erreiche. Wenn sie also Lust hätten, könnten sie gleich morgen zu bauen anfangen.

Da war denn großer Jubel im Dorfe. Abends kam der gesamte Gemeinderat mit Blechmusik vor den Pfarrhof gezogen, und als das Ständchen mit seinen manchmal gewagten Harmonien verklungen und das dreifache Hoch, das der Bürgermeister auf Hochwürden Herrn Pfarrer ausbrachte, verhallt war, bedankte sich Sepp mit kurzen

Worten und öffnete dann den rasch geladenen Gästen Flur und Stuben.

Auch noch ein anderes Geschäft war dem Pfarrer in diesen Tagen geglückt: Er hatte einen guten Käufer für das kleine Häuschen gefunden, welches Everls Erbteil bildete. Als er dem Mädchen die zwar nicht beträchtliche, aber doch einen annehmbaren Sparpfennig ausmachende Summe nannte, blickte Everl bittend zu ihm auf.

„Hochwürden Herr Pfarrer", sagte sie, „ich hätt schon ein rechtes Anliegen am Herzen."

„Raus damit, Everl!"

„Schauen S' halt ... seit mein hebs Vaterl im Grab liegt, geht's mir schon allweil nach, daß der bloß so ein armseligs Holzkreuzl über ihm stecken hat. Und weil ich jetzt doch ein Geld hätt, so meinet ich halt ...“

„Du könntest ihm ein richtigs, eisernes Kreuz setzen lassen, gelt?“ fragte Sepp, als das Mädchen zögerte.

Everl nickte.

„Recht schön is das von dir, denn es beweist, wie dein Herz und dein ganzes Denken an deinem Vater hängt. No, no ... geh, sei stad ... mußt net wieder weinen! Aber schau, zu deiner Bitt darf ich halt doch net ja sagen. Du mußt das bißl Geld zammhalten ... jetzt freilich, solang du bei mir bist, hast es net nötig ... aber man muß auf alle Fäll denken. Glaub mir's, Everl, durch ein frommes Andenken ehrt man ein Grab mehr als durch ein eiserns Kreuz. Aber sei jetzt net betrübt deswegen, es wird sich schon noch ein Ausweg finden lassen."

Traurig verließ Everl die Stube, und vergebens dachte sie nach, wie da ein Ausweg zu finden wäre. Als sie aber vierzehn Tage später den Kirchhof besuchte, benahm ihr die Überraschung fast den Atem, als sie das Grab ihres Vaters mit einem geschmiedeten Kreuze geschmückt sah, dessen Stangen, Schnecken und Rosetten zierlich bemalt und vergoldet waren. Ohne sich Zeit zu einem Vaterunser zu nehmen, rannte sie nach dem Pfarrhofe zurück. Mit glühenden Wangen trat sie in die Stube, und Stammeln und Tränen waren ihr Dank für die Erfüllung ihres Lieblingswunsches.

„Siehst, Everl", sagte Sepp, während er den Kopf des Mädchens freundlich zwischen seine Hände nahm, „so wie dir das nausgangen is, so wird dir alles nausgehen im Leben, wenn du nur immer schön brav und rechtschaffen bist." Er blickte auf, denn die Türe öffnete sich, und der Lehrer trat ein. „Was gibt's?"

„Net viel, Hochwürden, net viel, bloß ein paar Zeugnis zum Unterschreiben!" entgegnete der Schulmeister und breitete mit lächelnder Geschäftigkeit auf dem Tisch einige Schriften aus.

Während Sepp das Tintenzeug herbeiholte, verließ das Mädchen die Stube mit abgewandtem Gesicht, um vor dem Lehrer die nassen Wangen zu verbergen.

Am andern Tage, da schon die Dämmerung einbrach, kam wie gewöhnlich der Postbote, um Zeitungen und Briefe zu bringen.

„Herr Pfarrer ... ich möcht was fragen ... das heißt, wann Sie's net verübeln?“ So begann der alte Mann, da er sich schon wieder zum Gehen gewandt hatte.

„Red nur! Was willst?“

„Grad vorhin hat mir der Lehrer ein Brief ans Ordinariat mitgeben wie früher schon öfters. Ich hab mir aber nie was denkt dabei ... erst heut, wie der Lehrer so rumdruckt hat, daß ich von dene Brief im Pfarrhof herüben nix z'reden brauchet ... erst da is mir's aufgfallen, als ob was net recht sauber sein könnt ... nix für ungut drum, Herr Pfarrer.“

„Ah, woher doch! Und ich dank schön für den guten Willen! Aber habts kein Angst riet, es is nix dran!“ Damit verabschiedete er den Postboten.

Es war wohl etwas daran. Was Sepp schon längst vermutet hatte, daß der Lehrer über sein Tun und Treiben an das Ordinariat berichte oder berichten müsse, das war ihm durch diese Mitteilung zur Gewißheit geworden. Aber was mochte ihn das kümmern! Was er trieb und tat, durfte die ganze Welt wissen.

Fünf Tage später kam wirklich ein Schreiben vom Ordinariat, und Sepp erbrach es mit erwartungsvollem Lächeln. Kaum hatte er jedoch zu lesen begonnen, da verfärbte sich sein Gesicht – soweit das möglich war – und mit zitternden Händen zerknitterte er das Papier. Die Tür riß er auf und schrie in den Flur hinaus: „Den Lehrer!

Holts mir den Lehrer!“ Und als Everl eilig aus der Küche herbeisprang, winkte er sie mit der Hand zurück. „Du net! Die ander soll gehn!“

Mit schweren, dumpfhallenden Schritten ging er in der Stube auf und nieder, bis der Lehrer eintrat.

„Da! Lesen S'!“ schrie Sepp in Zorn und schleuderte dem ängstlich Dreinschauenden das zerknüllte Papier ins Gesicht. „Lesen S', sag ich, lesen S'!“

Der Lehrer bückte sich nach der Papierkugel, faltete sie auseinander, glättete das Blatt über dem gehobenen Knie und begann zu lesen.

„Ah! Ah! So was!“ stotterte er und wollte sich kopfschüttelnd wieder in den Inhalt des

Schreibens vertiefen, als ihm Sepp das Blatt aus den Händen riß.

„Ja, Sie! Glauben Sie vielleicht, ich wüßt net ..."

„Nix wissen S'! Gar nix wissen S'!" kreischte der Lehrer. „Aber weil's schon so weit is, so sollen S' einmal wissen, wer Ihr verschwiegener Schutzengel die ganze Zeit über gwesen is, wer all die Anfragen, die von drin gekommen sind, allweil aufs beste und schönste beantwortet hat ..."

„O du nixnutziger Kerl du!" donnerte Sepp. „Ich brauch kein andern Schutzengel, verstanden, als den mir mein Herrgott mit auf'n Weg geben hat!"

„Aber Hochwürden Herr Pfarrer ..."

„Ich will nix mehr hören! Marsch, naus zur Tür!“

Der Lehrer stand auf der Straße, er wußte nicht, wie. Sepp aber setzte sich in der Stube an den Tisch, um das Schreiben zu beantworten: Er könne nicht begreifen, woher man im Ordinariat den Mut nähme, an einen unbescholtenen Menschen eine Zumutung zu stellen, die, wenn auch unausgesprochen, die ungerechteste Beleidigung in sich schließe. Übrigens müsse man ihm erst die Beweise erbringen, daß irgendwer im Dorfe, der Lehrer vielleicht ausgenommen, über die an ihm gerügte Handlungsweise sich wirklich in so „ehrabschneiderischen“ Worten geäußert habe. Was aber nun den Wunsch des hohen Ordinariats anbelange, so verbiete ihm geradezu sein Gewissen, ihm Folge zu leisten. Er würde den gegen ihn erhobenen Verleumdungen nur Nahrung und Gewicht geben, wenn er das junge Mädchen so plötzlich aus seinem Hause entferne, was übrigens auch auf die arme Waise selbst einen ganz unverschuldeten Makel werfen müßte. Das letztere würde er um so weniger verantworten können, als die Umstände, die das Mädchen in sein Haus geführt, ihm unveräußerliche Pflichten auferlegt hätten, – wenigstens gemäß der Anschauungsweise eines christlich denkenden Menschen.

Briefe kamen, und Briefe gingen. Während man auf der einen Seite immer dringender und drohender bei der einmal aufgestellten Forderung beharrte, mäßigte Sepp in keiner Weise die Schroffheit seines Widerstandes –

im Gegenteil, seine Erbitterung veranlaßte ihn bei der Beantwortung der empfangenen Zuschriften zu stilistischen Ausschreitungen, die seiner gerechten Sache nur von Schaden sein konnten.

Ein unbefangener Richter freilich hätte ihn auch dessentwegen entschuldigen dürfen, da das Schicksal gerade in diesen Tagen den Pfarrer in einer Weise heimsuchte, die ihm vollends den Rest seiner Ruhe rauben mußte. Innerhalb einer einzigen Woche begrub er seine alte Mutter und seinen geliebten Freund, „den guten Bräumeister", dessen Andenken er durch jene bekannte Grabrede verewigte.

Der Streit, den Sepp mit seiner geistlichen Behörde führte, konnte für die Dorfbewohner auf die Dauer kein Geheimnis bleiben. Und wenn auch die Mehrzahl der Leute sich auf die Seite des Pfarrers stellte, so hatte doch der Schullehrer auch gegen ihn Partei zu bilden gewußt. Es war das auch wieder ein Umstand, der Sepps Erbitterung steigerte.

Sepp fühlte, wenn er in einer etwas ruhigeren Stunde mit sich zu Rate ging, wohl das Unhaltbare seines Widerstandes heraus. Da aber sein stolzer, der eigenen Redlichkeit bewußter Trotz immer wieder das Recht auf seine Seite stellte, so wurde es für ihn zur Unmöglichkeit, einen Modus der Nachgiebigkeit und Einlenkung zu finden.

Als er sich in der Folge nun gar mit der Versetzung nach einer Strafpfarre, eventuell mit der Suspension bedroht sah, erwiderte er diese Mitteilung durch ein Schreiben, dessen

Ton und Inhalt sein Verbleiben als Untergebener jener geistlichen Behörde freilich zur baren Unmöglichkeit machte.

Die Antwort, die darauf erfolgte, kündigte ihm in kurzen Worten für acht Tage später das Eintreffen des hochwürdigsten Herrn Bischofs an.

Es war spät in der Nacht vom Mittwoch auf den Donnerstag. In der Stube des Pfarrhofes brannte noch die Lampe, und ruhelos wanderte Sepp mit langen Schritten zwischen Tür und Fenstern hin und her.

Plötzlich klang es auf der Straße mit kreischendem Rufe: „Feuerjo! Feuerjo!“

Sepp sprang in den Flur und riß die Haustür auf. „Wo brennt's?“ rief er die vorübereilenden Leute an.

„Beim Kramer drunt!“

Da nahm er sich nicht mehr Zeit, seine Pantoffeln gegen Schuhe zu vertauschen; wie er stand, barhäuptig und in Hemdsärmeln, eilte er all den andern voraus der Brandstätte zu.

Das ganze Sparrenwerk des Daches stand schon in hellen Flammen. Während die Bewohner des Hauses in tatlosem Jammer inmitten der Straße standen, drängten Männer und Burschen durch die Tür aus und ein, um die Krämerwaren und die Einrichtung der ebenerdigen Zimmer zu bergen. Da Sepp gewahrte, wie langsam das vonstatten ging, schlug er an den Giebelfenstern die Scheiben ein und riß mit einer durch die Notlage gesteigerten Kraft die Kreuzstöcke aus den Mauerluken, um dem Hausgerät einen mehrfachen Ausweg zu schaffen.

„Herr Pfarrer! Jesus Maria!“

Sepp vernahm den Warnungsschrei – er hörte ein Prasseln über seinem Haupte, blickte auf – und mitten auf seine Stirne schlug ein brennender Balken, den das Feuer aus dem Giebel losgenagt hatte.

Als am andern Tag der Herr Bischof einfuhr in das Dorf, fand er den renitenten, vorlauten Pfarrer als stillen Mann auf der Bahre.

Everl wurde von Sepps Bruder an Kindesstatt angenommen, und heute ist sie die glückliche Schwiegertochter des gealterten Bauern. Sollte der Zufall meinen Leser nach Wackersdorf führen, so bitt ich ihn, die schmucke Hofbäuerin von mir zu grüßen – gleich hinter dem Wirtshaus, an dem bergwärts führenden Sträßchen der erste große Bauernhof links, das ist ihr Haus und Eigen.

Die vier heiligen Dreikönige

Seit Wochen hatte der kleine Schluckerfranzl ein hartes Leben. Nicht etwa, weil er mehr als bisher die Bitterkeit des Daseins verspürte, das die nicht immer gut gelaunte Vorsehung ihm und den Seinen zubestimmt hatte. Und es wäre ihm ein bißchen Unzufriedenheit hierüber doch sicher nicht zu verdenken gewesen. Seine Mutter war die Schluckerbastlerin – ein Name, zu dem sich eine nicht sehr lustige

Geschichte schreiben ließe. Ihr Mann hatte sich als Holzknecht im wahrsten Sinne des Wortes durch das Leben geschlagen, und da er Sebastian hieß und ein armer, notiger Schlucker war, nannten sie ihn im Dorfe den Schluckerbastl. Er war aber nicht nur ein armer, sondern auch ein braver Schlucker, der sich für Weib und Kind die Finger blutig arbeitete, bis ihn ein stürzender Baum erschlug und aller irdischen Plag und Sorgen ledig machte. Von nun an hatte die Bastlerin mit ihren Kindern ein noch härteres Beißen am Leben, und im Schluckerhäuschen gab es selten etwas anderes zu kosten als ungeschmalzene Brotsuppe und Erdäpfel mit der Montur.

Aber was für die Bastlerin Kummer und Bitternis war, das war ein Gleiches nicht auch für ihren Franzl. Sein leichtes Kindergemüt tauchte durch alles kalte Dunkel immer an die warme Sonne, sein unsterblicher Knabenhunger zauberte ihm Brotsuppe und Erdäpfel in die köstlichsten Leckerbissen um, und auch außerdem hatte er alle Ursache, sich als kleiner Herr und König zu fühlen. Waren doch im schönen Sommer alle Straßen und Pfützen des Dorfes sein unbestrittenes Erb und Eigen, der grüne weite Wald mit den singenden Vögeln, die blumigen Wiesen mit den schlupfigen Hecken und der silberne Bach mit den Weidenstauden, auf denen die Maienpfeifen wachsen. Und im Winter, der gerade weiß und glitzernd über dem Dorfe lag, gehörten dem reichen Schluckerfranzl alle Schleif- und Schlittenbahnen und die endlosen

Felder mit dem vielen Schnee, den tausend Hände in tausend Jahren zu Schneeballen nicht völlig verarbeitet hätten.

Nein! Was dem Franzl seit einigen Wochen das Leben erschwerte, das war nicht aus dem dürren, knauserigen Boden des Daseins in ihm hineingewachsen – das kam nur von den Aufregungen her, die diese Wochen über ihn gebracht hatten. Zuerst die ebenso qual- und zweifelvolle wie hoffnungsreiche Frage, was ihm das Christkindl bescheren würde! Und als diese Frage mit einer grobwollenen Ohrenkappe, einem Fäustlingspaar, sechs Äpfeln und zwanzig Nüssen befriedigend gelöst war, stand Franzl in peinigender Spannung schon wieder vor einer zweiten Frage: was ihm wohl das Neujahrswünschen beim Pfarrer, Lehrer, Förster und

Bürgermeister eintragen würde? Auch diese Aufregung löste sich zu Franzls Zufriedenheit. Nur mit der Pfarrersköchin verdarb er es dabei, denn in seiner siebenjährigen Unschuld wünschte er mit dem herkömmlichen Sprüchlein auch dem Hochwürdigen Herrn „ein guts neus Jahr und ein Christkindl mit Krausehaar".

Aber gleich der Abend des Neujahrstages brachte eine dritte, nach Wichtigkeit der Sache entsprechend gesteigerte Aufregung über ihn. Da saß er in der von einem brennenden Kienspan trüb erhellten Stube träumend hinter dem rissigen, nicht allzu warmen Kachelofen. Und da fiel ihm plötzlich ein Gedanke an, und mit einem vor Erregung heiseren Stimmchen fuhr er in die Höhe: „Mutterl! Du! Heuer möcht ich auch ein Heiligen Dreikönig machen! Jetzt bin ich alt gnug dazu, gelt, Mutterl, gelt?“

„Ja, Franzerl, ja!“ sagte die Bastlerin, die mit schwerfälligen Händen an einem Strumpfe stopfte. Weshalb auch hätte sie ihrem Buben diese Freude versagen sollen? War's doch eine billige Freude. Auch dachte sie an die guten und nützlichen Dinge, welche Franzl für sich selbst, für seine kleinen Geschwister und fürs Haus vom „Dreikönigsritt“ mit heimbringen konnte. „Ja, Franzerl, ja“, sagte sie, „mußt dich halt morgen gleich um die zwei anderen umschauen und mußt dein Königssprüchl recht schön und fleißig lernen!“

Franzls Augen leuchteten. Und nun half der Mutter kein Weigern, sie mußte gleich beginnen, ihm das Königssprüchlein vorzusagen, das er mit einer Andacht nachbetete, als wär's das heilige Vaterunser. Dann kam für ihn eine schlaflose Nacht; unermüdlich plapperte er die paar Reime herunter, die er sich schon gemerkt hatte, träumte sich dabei in seinen Königsstaat hinein und sah sich schon mit Schätzen reich beladen am Abend des Dreikönigstages heimkehren von den Nachbardörfern und den einsam liegenden Bauernhöfen. Aber die stille Freude dieser Nacht wandelte der nächste Tag in bittere Kümmernis. Am Morgen rannte Franzl davon, um sich zwei Könige als Kameraden zu suchen –und kam gegen Mittag mit verweinten Augen zurück.

„Franzerl, geh, weswegen weinst denn?“ fragte die Bastlerin.

„Weil mich keine net mitgehn lassen mögen!“ schluchzte das Bürschlein in untröstlich scheinendem Jammer. „Ich tät ihnen z'lumpig ausschaun, haben s' alle gsagt. Und überall sind schon alle drei beinander!“

Die Mutter tröstete ihren Schmerzenreich, versprach ihm Hilfe, und richtig, am Abend schon brachte sie ihm die gute Nachricht heim, daß der Schreiner ihr zugesagt hätte, den Franzl mit seinen zwei Buben gehen zu lassen. Und sogar den allerschönsten unter den Heiligen Drei Königen dürfe er darstellen: den schwarzen, den Mohrenkönig! Wenn jetzt der Teufel in Gestalt des Schreiners dem Schluckerfranzl erschienen wäre und gefordert hätte: bete mich an – der Franzl hätt' es ohne Zögern getan.

Drei Tage vergingen, reich an Spannung, Sorgen und Aufregungen. Das Königssprüchlein war in seiner ganzen Länge zu lernen, und der Ornat des Mohrenfürsten mußte genäht, gewaschen und gekleistert werden. Endlich war alles in Ordnung und auch die letzte Nacht vergangen. Grau lag der Wintermorgen noch vor den Fenstern, da hatte Franzl schon seine Suppenschüssel ausgelöffelt und stand nun vor der Mutter, um sich als Mohrenkönig „gwanden“ zu lassen. Vor allem wurde er nach Möglichkeit warm angezogen. Er hatte ja vom frühen Morgen bis in den späten Abend umherzustapfen in Schnee und Kälte. Dann wurde ihm der weiße, den übrigen Anzug völlig verhüllende Königstalar angezogen, den die Bastlerin aus einem Hemde ihres seligen Mannes zurechtgeschnitten, und dessen verwaschene, zundermürbe Leinwand sie über und über mit roten, blauen und gelben Papiersternchen beklebt hatte. Gegürtet wurde er mit einem Stricklein, in das die Henkel der blechernen Sparbüchse und des kleinen Schmalztopfes eingeschlungen waren. Das frische, hübsche Bubengesicht wurde ihm mit Kienruß angestrichen, so daß es seltsam zu den blonden Ringelhaaren kontrastierte; auf den Kopf bekam er die wollene Ohrenkappe, auf der die goldene Papierkrone festgenäht war, an den linken Arm ein mit Heu gefülltes Körbchen für die Eier, auf die rechte Schulter den kleinen Zwerchsack für die Wecken,

Kletzen, Äpfel und Nüsse – und Balthasar, der heilige Mohrenkönig, war fertig.

Als Franzl das Schluckerhäuschen verließ, da strahlte er, als wäre er nicht einer der „Magier“, sondern leibhaftig ihr goldener Stern. Dieser strahlende Glanz aber wurde zu trübem Wasser, als Franzl den Schreinerhof erreichte und dort erfuhr, daß die anderen Könige schon auf und davon wären ins nächste Dorf.

„Jessas, Franzerl“, sagt die Schreinerin, „ich hab glaubt, du bist schon dabei, weil schon drei beinand waren ... und ein Schwarzer auch!“

Wie versteinert starrte das Schluckerle, vom Bock gestoßen, eine Weile vor sich hin, bis es die Frage herausgurgelte: „Wo zu ... sind s' denn ... gangen?“

„Da, d' Straßen gradaus!“

Jetzt fing Franzl zu laufen an, was ihn seine kurzen Beinchen nur trugen. Das machte sich, soweit die Häuser reichten, noch ohne Mühe. Draußen auf dem offenen Feld aber, wo der Schnee tiefer lag und die Straße häufig ganz verweht war, hatte er ein bitteres Marschieren. Endlich sah er hinter einer dichten Hecke den goldenen, vom König Melchior auf einer dünnen Stange getragenen Kometen glänzen. Franzl lief, was er laufen konnte – jetzt schwenkte er um die Ecke – und richtig, es waren ihrer drei: die zwei Schreinerbuben und der zehnjährige Schustermichel als Mohrenkönig. Anfangs schien es, als wollten die drei Weisen aus dem Morgenlande vor dem Schluckerle Reißaus nehmen; aber sie besannen sich eines anderen. Sie ließen den Franzl herankommen, und bevor er noch ein Wörtl herausbrachte, begannen ihn die zwei Schreinerbuben wegen seines Zuspätkommens – und er war doch früher als ausgemacht gekommen! – in einer Weise abzukanzeln, daß ihm vor Angst und Schrecken das Zäpflein hinunter fiel. Als sie ihn nun so zerknirscht vor sich stehen sahen, fingen sie wieder gütlich mit ihm zu reden an und erlaubten ihm großmütig das Mitgehen.

„Ja, aber da muß der Michel wieder heimgehen!" schmollte das Schluckerle.

Davon aber wollte keiner der drei Weisen etwas wissen; und so entschied man sich, daß die Heiligen Drei Könige für diesmal eben zu vieren ausrücken sollten – aber, sagte der Schustermichel unter lebhafter Zustimmung der beiden Schreinerbuben, eine Bedingung wäre noch dabei; es wäre von jeher so gewesen, daß der jüngste König das Reisegepäck seiner gekrönten Kameraden getragen hätte.

„No ja, wann's halt sein muß!" stotterte das Schluckerle und lud die Eierkörbe und Zwerchsäcke der anderen auf seine Schultern und keuchte hinter den dreien einher, wie das gute Eselein, von dem in der Heiligen Schrift des öfteren zu lesen steht. Wollten seine Beinchen ermüden, dann wurde er mit Schneeballen gespornt, aber nicht etwa in den Flanken, sondern hinter den Ohren und im Nacken. Batsch! Wie das klatschte! Und es klebte, wie angefroren. Ein Gutes war aber doch bei der Sache: daß dem Schluckerle hübsch warm blieb, derweil die anderen Könige vor Kälte mit den Zähnen klapperten. Die Felder nahmen ein Ende, es kam der Wald, durch den sie ein halbes Stündlein zu wandern hatten, dann zeigten sich zwischen Hecken und beschneiten Bäumen die Dächer des Dorfes, in dem sie das „Königsreiten“ beginnen wollten.

Nun nahmen die drei Weisen dem Franzl ihre Sachen ab. „Sooodala!“ sagten sie – das heißt soviel als: jetzt sind wir fertig miteinander –dann rannten sie über Kopf und Hals davon, und der Schustermichel gab dem Schluckerle noch aus privatem Konkurrenzneid einen Stoß vor die Brust, daß es in einen mit Schnee überwehten Graben purzelte.

Als Franzl wieder auf die Füße kam, sah er, daß der Schmalztiegel zerbrochen und die goldene Krone bedenklich zerknittert war. Bitterlich hub er zu weinen an, und dabei trollte er langsam dem Dorf entgegen, obwohl er nicht wußte, was er dort eigentlich suchen sollte. Er als einschichtiger König konnte doch nicht ans „Reiten“ denken. Aber die Vorsehung dachte für ihn. Denn als er zu dem ersten Hause kam, guckte die Bäuerin aus dem Fenster, ein altes Weiblein mit freundlichem Runzelgesicht. Und da entspann sich folgendes Zwiegespräch:

„Büble? Wer bist denn? Und wo kommst denn her?“

„Der Schluckerfranzl heiß ich, und ein Heiliger Dreikönig bin ich.“

„Wo hast denn deine zwei anderen König?“

„Die sind mir davonglaufen und haben mich in die Gähwinden einigworfen.“

„Ja warum denn?“

„Weil s' mich net mögen haben.“

„Ja geh! Das sind aber Schlankln! Aber schau, mußt net heinen, Büble! Bist ja so ein schöner König, ah, ah, gwiß, ein mordsschöner noch dazu! Und kannst ja allein umreiten auch! So geh, komm her und fang zum Singen an!“

Mit nassen, schüchternen Augen kam das Schluckerle näher, machte, wie es die Sitte von einem Dreikönigsreiter heischt, vor dem Fenster der Bäuerin ein paar Galoppsprünge, die freilich recht müd und traurig ausfielen, und begann, von Schluchzen immer unterbrochen, sein Königssprüchlein herzusingen:

„Die Heiligen Drei König mit ihrem
Stern,
Die essen und trinken und zahlen net
gern,
Sie reiten auf ein weißen Roß
Vor jedes Haus, vor jedes Schloß
Und tragen um zum Stopfen
Ein leeren Sack und klopfen
An alle Fenster, alle Türn,
Ob s'net ebbes kriegen wern.
Drauß in Tenna
Laufn die fettn Henna,
Droben in First
Hangen die Würst
Gebts mir die langen,

Laßts die kurzen hangen!
Kletzen raus, Küechle raus
Oder ich schlag ein Loch ins Haus,
Apfel raus, Birn raus,
Geh mer in ein anders Haus!
Klopf an, klopf an,
Die Bäurin hat ein schöna Mann,
Die Bäuerin is die schönste Fra
Was sie hat, das gibt s'mir a... a... a..."

Gerade beim Schluß seines Liedes stieß ihn der Bock noch einmal, so daß er das letzte Wort ausquiekte, wie eine stehenbleibende Spieluhr ihren letzten Ton.

Die Bäuerin lachte, daß ihr die Schultern wackelten. „Ja, Büble, geben tu ich dir, was ich hab!" Sie verschwand und erschien nach einer Weile mit gefüllter Schürze in der Tür.

Einen Wecken, eine dicke Wurst, einen Rinken Kletzenbrot, zwei Eier, Äpfel und Nüsse, das alles gab sie dem Schluckerle, und zu guter Letzt ließ sie noch einen Sechser in seine Sparbüchse klappern.

Franzl weinte noch immer, aber jetzt vor Freude. Und so zog er weiter mit seinem scheckigen Gesicht, von Haus zu Haus, und überall beschwerte ihm die rührende Geschichte seines einschichtigen Königtums den Korb, die Klapperbüchse und den kleinen Zwerchsack. Im Wirtshaus bekam er, da es gerade Mittag war, eine warme Suppe und ein riesiges Stück Guglhupf, das er mit Ehrfurcht verzehrte. Dann ging das „Reiten" von neuem an, von einem Bauernhof zum andern. Korb und Zwerchsack wurden immer schwerer, so daß er sie kaum mehr zu schleppen vermochte. Und wenn ihm das Tragen auch Stirn und Wangen mit Schweiß übergoß, so machte ihm doch die Kälte alle Finger starr, das Waten im Schnee die Füße steif und schwer. Er war plötzlich darüber erschrocken, daß sich der Himmel mit einmal so dunkel ansah. Und da gab er das „Reiten“ auf, obwohl noch einige große Bauernhöfe verlockend in der Nähe standen, und keuchte über einen Feldweg der heimwärts führenden Straße zu. Als er sie erreichte, fing es zu schneien an. Alle hundert Schritte verhielt er sich, um zu rasten und den Schnee von sich abzuschütteln. Sein gestirntes Königshemd war bis auf die Hüften durchnäßt und wickelte sich beim Gehen hindernd um seine Knie. Er quälte sich ab mit seiner Last, und stechend drang ihm die Kälte in alle Glieder. Einmal kam ihm der Gedanke, Korb und Zwerchsack auf der Straße hegen zu lassen und nur heimzulaufen, was er noch laufen konnte. Aber es war ihm leid um die guten Sachen, und so schleppte er sich frierend mit ihnen weiter und weinte dazu ein Gesetzlein ums andere. Bis in die Mitte des Waldes kam er. Dann war seine Kraft zu Ende.

Eine Weile blieb er zwischen Korb und Zwerchsack laut schluchzend auf der verschneiten Straße sitzen; dann tat er einen tiefen Atemzug und verharrte still.

Dicht fielen die Flocken, ein Viertelstündchen um das andere verstrich, und immer noch hielt das Schluckerle die Augen geschlossen wie in tiefem Schlaf.

Aber nein! Wie konnte Franzl schlafen, wie konnte er die Augen geschlossen halten? Er sah ja doch – sah wirklich und wahrhaftig, wie statt der grauen Nacht, die just noch über allen Bäumen gelegen, ein helles Licht den ganzen Wald durchzitterte. Nur so kalt war dieses Licht – es leuchtete so schön und goldig wie die Sonne, und dennoch war dem Franzl, als hätte er statt der Arme und Beine vier große, lange Eiszapfen am Leibe hängen. Nur um die Stirne ging es ihm wie ein feuriger Kreis. Das war wohl die Königskrone, die ihn so drückte, und ihr „fuiriges" Gold! Er wollte mit beiden Händen nach seinem Kopfe fassen – und konnte kein Fingerlein rühren.

Nicht rühren können! Das ging ihm ins Herz, als hätte sich eine kalte Hand darum gelegt. Wenn jetzt der Schustermichel und die Schreinerbuben kämen, um sich über seinen Korb und seinen Zwerchsack herzumachen – er müßte zusehen und könnte sich nicht wehren. Angstvoll starrte er in den wie Feuer leuchtenden Wald, und da war es ihm, als vernähme er Schritte und laute Stimmen. Und wahrhaftig, dort kamen sie – drei Könige, mit goldenen Kronen und schneeweißen Kitteln angetan.

„Mutter! Mutter!“ wollte das Schluckerle schreien. Aber seine Lippen blieben stumm, nur seine Zähne klapperten.

Jetzt standen sie vor ihm – aber das waren nicht die Schreinerbuben und der Schustermichel, sondern drei große, großmächtige Könige, noch größer ein jeder, als dem Schluckerle sein Vater gewesen war, und der allergrößte war der Mohrenfürst. Sie hatten lange, weiße Bärte, und ihre Kronen schimmerten, als wären sie aus der Sonnenscheibe herausgeschnitten.

„Jeh, Melcher, da schau her“, sagte der schwarze König zu einem seiner Kameraden, „das Büble da schau an!“

Und der Melcher beugte sich über das Schluckerle, streichelte ihm mit eiskalter Hand die Wangen und fragte: „Büble, wer bist denn und wo kommst denn her?“

„Ein Heiliger Dreikönig bin ich.“

Da lachten die drei Könige, und der schwarze sagte: „Wie kannst denn du ein Heiliger Dreikönig sein? Die Heiligen Drei König sind ja wir. Ich bin der Balthasar, und das da is der Melcher, und der ander is der Kasper."

„Ich möcht aber auch einer sein. Ich hab mich so viel drauf gfreut."

„So schau, es geht halt net. Wir täten dir gern den Gfallen. Aber vier Heilige Drei König kann's ja nie net geben. Aber, weißt was ... mir fallt was ein ... der Schustermichel, so ein Lausbub da, der hat uns unsern Stern davontragen! Und wir können doch net heimgehn ohne Stern. Magst unsern Stern net machen, Büberl? Ein ganz ein schönen Stern?"

„Ja, gern, ich mag schon, ja! Aber wer tragt denn nachher mein Körbl und mein Sack?"

„Der Melcher und der Kaspar. Is dir's recht?"

„Ja, ganz recht. Und ich mach den Stern. Ganz lüftig wird's mir schon ... ganz warm ... ich spür schon, wie ich brennen tu als Stern ...“

„No also, komm!“ Dazu winkte der Mohrenkönig, und Franzl fühlte, wie die Eiszapfenarme und Eiszapfenbeine von ihm abfielen. Er sah sich mitten in einer Kugel sitzen, die ganz aus Feuer war und doch so hell wie Glas. Nach allen Seiten schossen die Strahlen, und mitten aus seinem heißen Herzen kams herausgewachsen, eine lange, lodernde Garbe.

„Jegerl, jegerl“, lachte der Schluckerle, „mir wachst die fuirig Ruten schon!“

„Gelt, das ist schön!“ nickte der Mohrenfürst. Und dann fingen die drei

Könige zu wandern an, aber nicht die Straße entlang, sondern aufwärts von der Erde, über die Gipfel der Bäume hinaus, immer höher. Und das Schluckerle flog ihnen voran und jubelte: „Ein Stern! Ich bin ein Stern! Und fliegen kann ich! Fliegen ..."

Und irgendwo im Walde war ein ruheloser Lauf Immer und immer wieder klagte diese Stimme: „Franzele? ... Franzele?"